2021

MARCOS BONILHA

COPYRIGHT © SKULL EDITORA 2021
COPYRIGHT © MARCOS BONILHA 2021

Proibida a reprodução total ou parcial desta obra, de qualquer forma ou por qualquer meio eletrônico, mecânico, inclusive por meio de processos de fotocópia, incluindo ainda o uso da internet, sem a permissão expressa da Editora Skull (Lei nº 9.610, de 19.2.98).

Editora: **Skull**
Editor Chefe: **Fernando Luiz**
Capa: **Rafael Barcellos**
Revisão: **Rafael Esteves Ramires**
Diagramação: **Rafael Esteves Ramires**

Dados Internacionais de Catalogação na Publicação (CIP)
Elaborada por Jessica de Oliveira Molinari – CRB-8/9852

Bonilha, Marcos
  Insônia/Marcos Bonilha. — Brasil: Editora Skull, 2021.
126 p. : il. 14 x 21 cm

ISBN 978-65-86022-69-8

1. Poesia brasileira I. Título

21-0009   CDD B869.1

Índice para catálogo sistemático

I. Poesia brasileira

Todos os direitos reservados, incluindo os direitos de reprodução integral ou em qualquer forma

CNPJ: 27.540.961/0001-45
Razão Social: Skull Editora Publicação e Venda de Livros
Endereço: Caixa postal 79341 — Cep: 02201-971, — Jardim Brasil, São Paulo – SP
Tel: (11)95885-3264
www.editoraskull.com.br

NOTA DO AUTOR

Em 2017, após meu coração ser quebrado mais uma vez, um turbilhão de sentimentos me invadiu, milhares de palavras entalaram minha garganta. Conversando com uma amiga ouvi a seguinte frase "Por mais que não mude nada para ela, diga o que sente. Isso vai tirar um peso das suas costas. Depois escreva e guarde pra si se possível". Eu segui aquele conselho e realmente tirei um enorme peso das costas. Dali em diante, comecei a escrever muitas coisas que sentia, juntei palavras e tentei conectar elas. Os meses foram passando eu gostei de fazer isso, cada vez mais eu escrevia sem mesmo ter sofrido por algo, só por sentir, ver, crer e às vezes ouvir. Descobri que em mim existia algo que pudesse fazer as pessoas sentirem Amor, Carinho, Saudade e muito mais, apenas com palavras. Busco dar-lhes a chance de sentir muito em tão pouco, que cada pessoa sinta algo quando ler, que esse sentimento venha do coração, que o leitor se conecte internamente com o próprio coração dando a chance de interpretar os textos de formas diferentes mas com emoção.

Sumário

Sombra	11
Esmola	12
Corpos	13
Fodas	14
Real	15
Vestígios	16
Entrelaços	18
Bom	20
Tiro	21
Amor	22
Safada	23
Amante	24
Deus	25
Atração	26
Perda	27
Visita Íntima	28
Beija-flor	29
Realidade	30
Cena de Crime	31
Primeira Vez	32
Jully	33
Orgulhosa	34
Estante	35
Lucidez	37
Insônia	38
Mãe Natureza	39
Morte	40
Consciência	41
Amnésia de Saudade	43
Conto	44
Suicídio	45
Insegurança	47
Vem Cá	48
Auto-Consciência	49
Amigo	50
Sereia	51
Medo	52

SOMBRA

O dia todo passou sorrindo

Fazendo piadas e trazendo alegria

Todos adoravam sua companhia

Porém ninguém sabia

Que uma grande tristeza nele havia

Maldita era a dor que ele sentia

Mesmo chorando, ele dizia

Viver sem sorrir

Deixaria minha vida ainda mais vazia.

26/03/2017

ESMOLA

Amor não é esmola...
Amor é presente inesperado

Amor não é esmola...
Amor é trabalho
Pois não adianta querer ter sem se esforçar

Amor não é esmola...
Amor é conhecimento
Temos que aprender com os erros
Que tudo pode ser bom no final

Amor não é esmola...
É loucura, sentimento, que nos leva a fazer coisas
que nunca fizemos
E mesmo sendo loucuras,
sabemos que é o certo a se fazer

Amor não é esmola...
Não fique pedindo
Se for amor, virá até você
Pois você merece o amor
Você merece ser amado.

03/04/2017

CORPOS

Tantos corpos colaram no meu

Tantos abraços eu recebi

Diversos beijos eu provei

Mas foi em você que eu me perdi.

06/04/2017

FODAS

A cada novo corpo que eu encontrava
Era mais uma boa trepada
Uma boa escapada
Algumas eram levadas
Outras reservadas
Nenhuma calada

E eu como sempre
Viril
Sutil
Gentil
Vazio
Frio

Porque mesmo quando uma nova eu encontrava
Eu não me encontrava
Nem mesmo me perdia
Eram apenas fodas vazias.

05/05/2017

REAL

A vida vai te bater tão forte
Que às vezes nem vai doer mais
Você vai se acostumar

E, sabe o que é pior?

Você vai perceber que
não sentir nada
Não demonstrar nada

Magoa as pessoas.

Ter o coração gelado
Destrói o coração dos outros
E de pouco em pouco
Você se torna
Igual a pessoa que te feriu

E que você temia se tornar.

07/09/2017

VESTÍGIOS

Desculpe,
Mas eu não consigo
Ainda não consigo

Não posso deixar o amor entrar
Há vestígios de dor em mim

Ainda há medo,
Muita desconfiança,

Ainda tem pedaços de amores antigos,
E esses pedaços machucam

Não entre!
Você pode se ferir nesse chão
Essas paredes ainda sangram
Esse teto ainda desaba sobre mim

Nem sempre é assim
Mas ainda está inapropriado para o amor

Espere mais um pouco
Espere o sol bater
Espere
Pois o tempo me visitou
E disse que vai arrumar tudo

Que vai rebocar as paredes
Reforçar o teto
Colocar uma linda janela
E quem sabe até uns móveis

Os cacos do chão ele irá retirar
Para que não me machuque
E muito menos a você
Espere só mais um pouco
Espere eu me reestruturar
Eu preciso me amar

Para que possa amar alguém de novo

16/09/2017

ENTRELAÇOS

Esse sorriso me prende
Eu fico muito contente
Meu coração acende
Fico dilatado ao te olhar
Fico arrepiado ao te beijar
Seu toque tão sutil
Me torna tão viril

Não sei o que acontece comigo
Quando estou com você
Apaga essa luz
Desliga essa TV
Vem pra cama, vamos fazer de novo
Fazer amor
Será tão gostoso

Beija meu corpo inteiro
Me arranha, me deixa vermelho
Vem comigo que te faço feliz
Sou só seu, assim como você diz

Aproveita essa oportunidade
Me faz amar de verdade
Debaixo das cobertas
Tudo é explícito
Tudo se torna um vício
Você me dá muito tesão

Te aperto e seguro sua mão
E a gente só "tá" se envolvendo

Eu sinto teu corpo tremendo
Não precisa dizer que me ama
Não mente pra mim, sua sacana
Foi bom
Foi maravilhoso, foi demais
Quanto foi moça?

Ficou 200 reais.

28/09/2017

BOM

Bom seria, tua boca na minha

Bom seria, teu peito no meu

Bom seria, se você fosse só minha

E eu fosse só seu

Bom seria, amar e ser amado

Bom seria, ter você aqui do lado

Boa seria, a nossa relação

Boa seria, a sensação

Se tudo isso, não fosse ilusão.

16/10/2017

TIRO

Foi um tiro direto no meu coração

Foi um tiro certeiro na minha emoção

Foi um tiro no peito

Foi um tiro só

E, que tiro!

Parecia especialista

O meu nome na sua lista

Tiro esse, me tirou do chão

Tiro esse, parecia bala de canhão

Foi um tiro só

Você com outro

Me mostrou como sou tão pouco.

24/10/2017

AMOR

Eu te amei de verdade

Você me amou pela metade

Eu me dei por inteiro

Você me ofereceu só uma parte

Eu me esforcei pra dar certo

Você não tentou nem um pouco

Eu remei o barco sozinho

E você me trocou por outro.

5/11/2017

SAFADA

Sua Puta safada
Vem me usar
E vaza
Já saquei sua jogada
Sei que pra ti, não sou nada
Não sou sua casa
É aquele velho ditado
Um amor embriagado
Vem com sua ressaca de dores
Me usa
Recebe amor
E vaza deixando rancor
Desilusão
Você é uma puta, sem coração
Se aproveita dos meus sentimentos
Meu orgasmo é sorrindo
Mas choro por dentro
Por saber que vai embora
E mesmo eu, sendo usado
Não tranco a porta

Esperando mais uma vez a sua volta.

10/11/2017

AMANTE

Solitário num quarto refrescante
Essa é a vida de um amante

Na espera de uma ligação
Doido para se despir
De corpo, alma e coração

Enquanto no outro lado
Ela, que ainda ama
Faz a trama
Te liga
Te leva pra cama
Te usa e abandona
Sai toda satisfeita

E volta pra se deitar em outra cama.

28/12/2017

DEUS

Deixa-me cuidar do teu coração remendado
Deixa-o comigo
Eu terei muito cuidado
Deixa-me curar as dores do teu passado
Deixa-me te mostrar que é melhor ao meu lado

Entregue seu coração pra mim
Garanto que sua felicidade nunca vai ter fim

Trarei paz
Trarei saúde
Trarei amor

Não se importe com essa dor
Eu posso tirar ela do seu coração
Apenas segure minha mão
Iremos viajar na felicidade
Entenda, eu sou melhor caminho
Trago a luz e a verdade
Basta ajoelhar e pedir em oração

Que eu vou curar o seu coração.

08/01/2018

ATRAÇÃO

Não é teu corpo que me atrai

Não é tua grana

Não é tua fama

Isso não importa nada pra quem ama

Quero teu sorriso

Teu olhar

Acordar e te admirar

Ao meu lado dormindo feliz

Te levar café na cama

Te assumir para o mundo inteiro

Mostrar que existe sim, amor verdadeiro.

17/01/2018

PERDA

E o amor perdeu o brilho

O amor perdeu a graça
Estamos tão distantes
Mesmo estando na mesma praça
Seu olhar já não me procura
Teu sorriso não é mais o mesmo
Tua mão está fria
Te amar já é fardo
Peso que já não aguento mais
Peso que preciso deixar pra trás
Você se distanciou
Você me abandonou
Eu gritei teu nome diversas vezes
Você fingiu não ouvir
Eu tentei salvar o nosso amor
E você, quis dele desistir
Agora já é tarde
Nada pode ser feito
Você seguirá seu caminho

Deixando um enorme buraco no meu peito.

04/03/2018

VISITA ÍNTIMA

Opa
A quanto tempo você não me visita
Senta aí
Fica à vontade
Pode se aconchegar
Sei que veio para ficar um tempo
Já me fez muita companhia
Você minha velha amiga
Adoro as lembranças que você trás
Porém, você sabe
Elas me machucam
Preciso esquecer tudo isso
Não quero ser grosso
Mas peço que não fique muito tempo
Fique por hoje
Faça o que quiser comigo
Sei que irá abusar de mim
Me deixar em pedaços
Saia pela manhã
Deixe a porta aberta
Pra que eu possa me recuperar
Leve toda dor com você
Preciso voltar a viver
Me desculpe, saudade
Mas eu não gosto de você.

20/03/2018

BEIJA FLOR

Como um beija-flor

Que busca em cada flor
Sentir o sabor do néctar perfeito
Mas foi ao te olhar e te beijar que não teve jeito
Me apaixonei, me entreguei
Me joguei de peito
Sou um beija-flor que procura o amor
Mas não tem jeito
Preciso voltar e seu néctar provar
E me deitar no seu peito
É de radiar o sol nesse seu olhar
Preciso ficar, vou me apaixonar
Não tem jeito
Basta se entregar
E me namorar
Pra ser o amor perfeito
Sou um beija-flor
Que só vê o amor ao seu lado

Não tem jeito.

16/04/2018

REALIDADE

Deixar-te foi minha pior escolha

Mas era preciso

Não estávamos maduros para fazer o certo

Decidi ir

Me arrependo

Mas sei claramente como seria o desfecho

E melhor uma leve dor agora

Do que sentir o coração ser arrancado do peito.

18/04/2018

CENA DE CRIME

Cigarros apagados
Garrafas de cerveja vazias
Camisinhas usadas no lixo
Batom borrado
No rosto, a marca do lápis escorrido
Lágrimas que descem,
traçam o caminho da morte
Na mesa duas carretas de farinha
Pouca roupa
Nenhuma esperança
Mente vazia
Coração vazio
Ela pensa em suicídio
Mas não consegue coragem
Ela acende outra ponta
Da mais uns tiros
Lava o rosto
Nova maquiagem
Novas roupas íntimas
Novos lençóis
Mais um novo cliente
E a mesma vida sofrida.

26/08/2018

PRIMEIRA VEZ

Entrei no teu quarto

Abusei de você
Te beijei
Te abracei
Fizemos amor
Fizemos a farra
Foi mais quente que fornalha
Não saía nem fumaça
Saíam faíscas
Foi frenético
Foi muito excitante
Foi maravilho aquele instante
Garota, você fez o surreal
Você tem o potencial
Deve ser por isso que eu vim até aqui
Mas já acabou meu tempo
Tenho que me despedir
Desculpe por sujar sua cama
Desculpe por sujar sua alma
Desculpe por ser só mais um

Que te despe, te usa e te paga.

16/09/2018

JULLY

Esses olhos verde água

Que me fascinam
Que me acalmam

Quando lhe toco
Limpo minha alma
Já não me importa o que vai acontecer

Foi bom te ver
Foi bom te conhecer
Este mar não é pra qualquer um
E não quero ser só mais um

Quero ser o netuno, dono do teu mar
Quero lhe fazer sorrir
Lhe deixar sem ar
Quero sua companhia no pôr do sol
Você será meu mar

E eu serei seu farol.

21/09/2018

ORGULHOSA

Orgulhosa

Me ignorou por anos
Incrível
Hoje ela veio atrás de mim
Me trouxe até flores
Falou comigo
Lembrou do passado
Se lamentando do que me disse
Do que aconteceu de fato
Lágrimas caem dé seus olhos
Ela me pede perdão
Eu a perdoo, minha princesa
Mas ela pode me ouvir?
Não
Suas lágrimas caem nas flores jogadas na grama
Escorrem pela terra
Até chegar ao meu caixão
Não morri de amor
Mas eu vivi anos com a solidão
Em minha lápide está escrito

"Sempre será seu o meu coração ".

28/10/2018

ESTANTE

Estou na estante faz um bom tempo

Sou admirado por todos
Dizem que meu sabor é esplêndido
Dizem que eu posso tocar a alma das pessoas só
com um gole

Que o mais fino paladar não saberia lidar com
minha delicadeza
Muito menos com meu teor
Sou do tipo mais rico
Mais procurado
Sou o top de linha

Já se sentiu assim?

Só não se esqueça
Nesta estante acompanhado de outros vinhos

Sinto-me inútil
Sinto-me vazio

Do que adianta tantos admiradores?

Tantos elogios?

Se ninguém cria coragem e me toma

Ninguém sequer se embriaga com meu sabor tão
esplêndido

De que adianta maravilhar-se com algo no qual
pode tocar ou saborear, mas de fato não se faz?

É como dar uma chuteira ao jogador e lhe prender
as pernas

Sinto-me inútil nessa estante chique

Prefiro estar em um bar, na qual bêbados podem
me saborear

Posso ser útil para alguém
Posso tornar a noite melhor ou mais desprezível

Não se sinta como eu
Não fique na estante esperando um colecionador
Se entregue de dose em dose
Deixe que se embriaguem com teu sabor

Que tua essência deslize pelos lábios a fora
Até que encontre o degustador perfeito

E assim se torne a bebida certa para a pessoa
certa.

18/11/2019

LUCIDEZ

Lúcido de ilusões

Lesionado de relações
Cicatrizado de emoções
Espancado por amores
Destruído por rancores
Pessimista graças ao amor
Vaga por aí
E por onde for
se almejará realidade
Com muita desconfiança
Mas ainda há esperança
Ainda há amor
Mesmo diante toda essa dor
Onde o sol se põe
Uma bela lua nasce
Onde se morre um amor

Um novo renasce.

09/12/2019

INSÔNIA

Horripilante

Me perturba todas as noites
Toca meu corpo e me dá enjoo
Abusa de mim sempre que possível
Adora se deliciar do meu corpo e alma quando
estou embriagado
Me deixa uma puta ressaca todas as manhãs
Me faz molhar o travesseiro todas as madrugadas
Você me causa insônia.
Me atormenta
Impossível viver com você
Impossível não te odiar
Monstro desagradável
Sensação estúpida essa que nós seres humanos
temos
Sentimento inútil e impossível de se livrar
Porra saudade,

vá buscar outro lar para morar.

17/12/2019

MÃE NATUREZA

Vocês destroem minhas belas criações
Vocês acabam com meus filhos

Vocês acham que vai ficar por isso mesmo?

Destroem meu lindo paraíso
Para implantar esses prédios ridículos
Acabam com a alimentação das minhas crias
Em troca disso vocês também se destroem
Vocês matam e se matam
Vocês irão pagar um grande preço

Eu vejo tudo sempre
Eu sinto a dor deles

E vocês sentirão uma dor maior ainda
Declaro guerra
Não chorem com minhas decisões
De tempo em tempo mostrarei minha força
A guerra começou

E só vocês têm a perder.

01/08/2019

MORTE

Sorrateira

Traiçoeira
Esperta e maliciosa
Nos aguarda pacientemente
A mais ligeira de todas
A mais perigosa
Quando ela age
Leva de nós um tesouro
Leva de nós um pedaço do peito
Deixa qualquer um baleado
Deixa qualquer um acabado
Traz a mais forte das dores
Supera qualquer dor de rancores
Ela é a amante da vida
Que recebe presentes da nossa mãe natureza
Ela tem as melhores riquezas
Ela contém o nosso passado
De geração em geração ela tem nos aguardado
Milimetricamente certeira
Ela é a única e real certeza de nossas vidas
Ela te aguarda

E eu já estou de partida.

01/07/2019

CONSCIÊNCIA

Cerca de 1700 dias atrás eu perdi um amor

Desde então a frase "Eu te amo" não é dita por
mim
Mas ela não sai das minhas entranhas
Da minha mente
Tive cerca de 4 chances de dizer novamente

Duas dessas vezes cheguei bem próximo
E uma foi por muito pouco que essa frase linda
não foi dita

Estranho.

Para muitos, essa frase facilmente escapa pelos
lábios
Eu queria muito dizer
Mas para isso necessito sentir
Pra isso também preciso me conhecer
E me amar mais

Eu procuro um amor que dure minha vida toda
Ou pelo menos que me faça feliz e sorridente tal
como já amei no passado
Feridas podem aparecer em nossas vidas
Mas cuidadas com carinho e dedicação
Podemos nos levantar e seguir

Marcos Bonilha

Estou à procura de um amor sincero
Estou procurando meu verdadeiro amor
Tenho certeza que o encontrarei
Principalmente quando eu deixar de procurar
O amor aparece na hora certa

E não existe hora certa para amar.

05/12/2019

AMNESIA DE SAUDADE

Estou aqui

Querendo te esquecer
Mas não consigo
Eu lembro do teu olhar
Do seu sorriso
Da tua boca que me fazia feliz
Lembro bem das poucas noites ao teu lado
Do teu cheiro
Do seu cabelo molhado em minha cama
Lembro que em minha vida toda só você me fez
querer arriscar amar de novo
Só que meus defeitos estragaram tudo de novo
Eu me sinto parcialmente um lixo
Não consigo compreender
E nem ser compreendido
Me sinto um merda, me sinto fodido
Dilacerei de novo meu coração
E em minha mente só há solidão
Rancor de mim mesmo todos os dias
Eu prefiro ser uma simples alma vazia

Do que enfrentar a saudade todo dia.

09/09/2019

CONTO

Hei,

Pare de tentar colocar reticências nessa história
Nem mesmo pense em usar interrogações
Simplesmente pare
O que lhe resta é o ponto final
Siga para outra história
Viva outra história
Todos os livros têm um final
E esse chegou ao fim
Procure um romance
Pois eles são amáveis e duram muito
Deixe os contos de fadas

Pois nem sempre o final é feliz.

03/10/2019

SUICÍDIO

A vontade de cravar uma faca no peito é enorme
Me amarrar e me enforcar

Queria sumir
me desmaterializar
Queria não existir, na verdade
Não ter nascido

Errei tanto
Fui tão inocente comigo mesmo
Me destruí sozinho
Estou totalmente desmotivado
E quem me motivava
Agora me afunda ainda mais

Apostei todas minhas fichas na sua bondade
Apostei minha verdadeira confiança
Mas eu não apostei em mim mesmo

Estou aqui num beco sem saída
De frente com meus medos
Sem forças
Sem motivo para lutar contra eles
Que minha alma seja absorvida
Por essa escuridão
Que de hoje em diante
Se eu ainda não morri

É porque tem mais merda vindo aí
E se eu sobreviver a tudo isso

Vou agradecer a Deus por ser justo comigo.

28/04/2019

INSEGURANÇA

Você me roubou tudo

Meu amor
Minha felicidade
Meu sorriso
Minhas verdades
Você me tirou o que havia de melhor
Da minha alma não restou nada
Eu quero muito te deixar de lado
Quero muito não te sentir mais
Com você ao meu lado
Perco todas as chances de ser feliz
Perco amigos e amores
Eu só sinto a dor de rancores
Você só me traz desinteresse sobre a vida
Minha paz se foi quando você chegou
Preciso te arrancar de mim pra ser feliz

Você insegurança, não me faz feliz.

23/01/2020

VEM CÁ

Vem deitar comigo

Cola do meu lado
Me abraça forte
Pois meu dia foi amargo
E só teu beijo doce
Para alegrar minha noite
Só teu carinho
Para me aquecer
Só teu olhar
Para me relaxar
Conte como foi seu dia
Quero ver o brilho dos teus olhos
Me diga seus sonhos
Quero imaginá-los com você
Durma comigo só por hoje
Pode ir embora amanhã, se quiser
Deixe o passado de lado
Sejamos felizes
Só o carinho pode curar

Nossas cicatrizes.

01/05/2019

AUTO-CONSCIÊNCIA

Inexperiências em minha vida

Resultaram em meu fracasso
Inconscientemente
Sacrifiquei meu amor
Mutilado em atitudes falhas
Amargurei-me em solidão
Raiva de meu próprio ego
Raiva das minhas palavras ditas
O ódio sobre meus pensamentos
Necessitam ser alimentados

Escolhi a mim mesmo por ser o culpado.

14/05/2019

AMIGO

Estarei sempre com você
Não importa o quanto me ignore
Não adianta se esconder
Não adianta beber para me esquecer
Eu sempre estarei aqui do seu lado
Não importa quantos possam ir embora
Eu lhe trarei novos e mais fortes
Não importa se a minha amiga morte carregar um
pedaço de ti com ela
Eu ficarei aqui com o resto
Nunca conseguirá fugir de mim
Essa é a vida
E eu sou assim
Em forma de saudade
De tristeza e dor
Serei sempre seu melhor amigo

Prazer eu sou o AMOR.

27/11/2019

SEREIA

Ela já não respira direito
Ela já não ama a vida
Estar presa a ele
Deixou sua alma ferida
Ela não tem espaço para ser feliz
Em seu corpo só há cicatriz
Ela desistiu do mar
Para um amor viver
Ela quem caiu no conto
Presa irá apodrecer
Ela chora e reza por um milagre
Mas ela encontrou a realidade
No mar ela era a mais bela sereia
Hoje ao lado de um monstro
É só mais um animal enjaulado
Triste e solitário
Que reza pela liberdade
Sonha em fugir deste aquário.

24/06/2019

MEDO

Hoje você vai dormir ao meu lado?

Faz tempo que você está por perto
Lembro de ti pequenininho
Era frágil
Nada assustador
Eu ria de você
Não liguei pra você por anos
Até minhas primeiras desilusões
Foi aí que você cresceu
Tomou conta do meu espaço
Foi com as minhas responsabilidades, incertezas e
meus amores
Tomou conta de tudo
Está tomando conta de mim
Não queria que fosse assim
Volte a ser aquele pequeno sentimento

Pare de me machucar por dentro
Pare de me causar alucinações
Pare de me ferir

Eu não quero mais te sentir.

21/11/2019

SÉCULO XXI

Você tem medo, né?

Do novo
Do diferente
Do amar
Medo de se jogar

Você se agarra ao mais concreto
Mas o incerto lhe seduz, lhe fascina
Mas o medo é agonizante em sua mente
Mais fácil fingir amor
Do que correr atrás daquilo que lhe causa frio na
barriga
Estamos nos prendendo a emoções rasas
Deixando de se aprofundar em felicidade

Pra que possamos desfrutar da segurança que é
viver uma falsa realidade.

05/11/2019

PARA TODAS QUE JÁ FIQUEI

Peço desculpas

Pelos meus atos
Minhas palavras mal ditas
Desculpem-me, eu ando perdido há muito tempo
Tentei em outros corações e emoções me
encontrar, mas foi falho
Porém estar com vocês mesmo que por pouco
tempo foi gratificante e me fez crescer
Aprendi que nada vai ser fácil
Mas aprendi que quem quer, consegue
Que duas pessoas juntas e focadas superam tudo
Aprendo todos os dias que o melhor está por vir
Agradeço pelos olhares, carinhos, abraços e beijos
que me deram
Sei que fizeram isso de coração aberto
Mas o fim chegou
O fim sempre chega pra alguém
isso é inevitável
Amei algumas
Me apaixonei por outras
Algumas me tiveram por inteiro
outras não deu tempo ou meu próprio orgulho
não me deixou
Proporcionar tal feito
Peço perdão às lágrimas que fiz derramarem
Ao tempo dedicado no qual não dei valor

Entendam: amar é foda, mas vale muito a pena
Adeus à vocês que fizeram parte de mim e da
minha vida mesmo que por um instante
Seguirei minha vida
Sendo um melhor amante, companheiro e quem
sabe marido
Estou atrás do meu amor

Serei feliz, pois esse é meu destino.

22/02/2020

JUNÇÃO

O conjunto de características
A junção de sentimentos
O turbilhão de sensações
O aglomerado de medos
A multidão de hormônios
Mesmo que sejam diferentes
Eles estão unidos num só propósito
Lhe apaixonar
Lhe causar aquele calafrio na barriga
Aquela tremedeira nas mãos
O suor frio
O sorriso bobo
Deixe o amor entrar em sua vida
Deixe a felicidade bater a tua porta
Há amores que não são certo
Mas sempre haverá um amor correto
Não o deixe escapar
Não deixe de procurar
Não deixe as cicatrizes esconderem teu coração
Ame intensamente
Eu te garanto
Isso é muito bom.

10/10/2019

SUTILEZA

O seu toque é diferente
Me deixa mais ardente
Me torna um delinquente
Me sinto um adolescente
Querendo só usufruir da felicidade da vida
Querendo só tua boca
Querendo tirar tua roupa
Ouvindo tua voz tão rouca
Que soa em meus ouvidos
Você é a razão da minha insônia
Passando noites em claro na cama
Um casal sensacional
Você é maravilhosa
Eu amo nosso sexo
E nossa prosa
Eu gosto de cada detalhe seu
Obrigado por ser minha Julieta
E me deixar ser seu Romeu.

04/08/2019

DEPRESSÃO

Eu tô bem
Só não dormi direito...

Eu tô bem
Só não comi direito...

Eu tô bem
Só foi outra crise de ansiedade...

Eu estou bem!
Foi só um pequeno surto...

Eu tô bem
São só alguns cortes de leve...

Eu tô bem
Só estou me afogando em meu medo...
EU ESTOU BEM!

só estou tirando minha vida pra ver se a dor
passa...

Agora eu estou ótimo
Deitado, tranquilo e em paz.

10/11/2019

ALCOOLISMO

Matei meus sentimentos
Foi legítima defesa
Quando eu pensava em ligar pra ela
Pedia mais um copo de cerveja
Quando lembrava de seu sorriso
O whisky era meu vício
Quando quero ir até o seu endereço
Tomo uma vodca que eu esqueço
E toda vez que eu lembrar de você
No bar beberei pra te esquecer
Gotas de álcool me deixaram mais leve
Pois quanto mais a gente ama e sofre
Mais a gente bebe
E no fim dessa história eu ainda estarei aqui
Bebendo e fumando

Pois eu me perdi.

18/03/2019

MEU LAR

Na absoluta incerteza do valor de minha
existência

Me perguntou onde estou
Me sinto amarrado
Não sinto meu corpo

Será que é um sonho?

Fui abduzido?

Não sei explicar
Não tenho respostas

Sinto minhas entranhas sendo arrancadas
Centímetro por centímetro

Não sinto dor alguma
Isso me assusta ainda mais

Não tenho mais tato, olfato ou paladar
Minha visão está embaçada
E só ouço barulhos

Sabes onde estou?

Na minha perigosa e velha mente

Onde tudo era possível

Até eu me perder na vida real
Até eu desistir de tudo

Eu vim parar aqui
Pois onde ninguém mais pode entrar
É o meu único aconchego
Minha mente é perigosa

Mas ainda sim é meu único lar.

25/02/2020

TÍPICO

Amor
Sexo
Rosas
Primavera
A bela e a fera
Eu e ela
Uma outra atmosfera
Sincronia sincera
Só de lembrar dela
A barriga já congela
Mas agora já era
Pois era eu, tu e ela
E foi sinistra a descoberta
Foi uma surpresa para as duas
A casa ficou bagunçada
Elas ficaram arrasadas
Minha alma ficou manchada
Meu caráter ficou sujo
Eu virei um imundo
Elas se foram
Mas eu fiquei
Pois eu errei.

14/06/2020

CARNAL

A transa contigo foi sensacional
Lembro de tocar e beijar esse teu corpo escultural
Lembro do teu rebolado fenomenal
O jeito que sentava era surreal
O teu gemido era excepcional
Como me tocava era bom
Era típico de uma leoa
A transa realmente foi boa
Mas foi só isso mesmo
Nada além de conexão carnal
Eu pensei que poderia me conectar mais além
Mas você mostrou ao contrário
Quando sentava com força sobre mim me dizia
"Quando for embora não volte mais"
Fui uma simples transa
Fui apenas um momento
Fui usado sem dó nem piedade
Saí de lá muito mal
Meu pau satisfeito e coração chateado
Eu procurando um amor
Encontrei sacanagem
Desperdicei esperma em troca de solidão
Foi pele na pele

Só não teve coração.

22/09/2020

TUTORIAL

Estranhamente bem

Insuficientemente maravilhoso
Futuramente despedaçado
Atualmente anestesiado
Culturalmente ferido
Solidariamente arrependido
Profissionalmente abalado
Psicologicamente atormentado
Fisicamente dolorido
E meu coração me faz só um único pedido
Continue seguindo seu caminho
Viva intensamente

Nem que seja fodido.

04/08/2020

PERFEITA

Você é linda
Mesmo com suas olheiras de noites mal dormidas

Você é maravilhosa
Mesmo quando acorda de manhã toda
descabelada

Você é perfeita
Mesmo com seus defeitos

Você é guerreira,
pois luta todos os dias contra esse mundo cruel de
homens

Você é deslumbrante
Pois teu sorriso ilumina meu dia

Você é o meu amor
Pois ao te ver me apaixonei

E ao te conhecer eu te amei.

19/09/2019

SOLIDÃO

Eu sinto teu toque frio nas noites
Sinto teu beijo gelado no meu pescoço
Sinto o eco da sua voz em meus ouvidos

Teu cheiro que me lembra o cheiro dela

Sinto tua unha cravando meu peito
Sinto teus dentes rasgando minha carne
Sinto que tu devora minhas vísceras

Se alimenta de meu corpo
Todas as noites eu lhe sinto
Isso dói e machuca

Sinto todos os dias o sabor do teu abraço feito
uma jiboia que me quebra os ossos
Vão ser longas noites na sua companhia

Até que eu não te sinta mais.

21/04/2020

ENIGMA

Seus pensamentos lhe torturam?

Um a um eles te sufocam?

Inexplicável essa sensação?

Círculo vicioso e errado?

Ilusões ou verdades?

Dor e sofrimento?

Inevitável será o ato?

Obscuro será o fim.

19/10/2020

MENOS UM

Ele já não aguentava mais
Psicologicamente abalado
Coração destruído

Nem seu bem bolado fazia mais efeito
Ela destruiu o que ele tinha dentro do peito
O baque foi tão forte
Que a mente também se perdeu
Um amor tóxico

E só ele se fodeu
Só ele sofreu
Só ele não aguentou

Hoje ele já não chora
Mas tua família sente a dor
Tua família perdeu alguém de valor

Por menos amores assim
Por mais atenção
Por menos abandonos
Por mais amores que estendam a mão.

21/12/2020

ATRIZ

É, cara...
Ela não gozou contigo
Ela já gozava com outro
Ela nunca te quis
E ela foi uma ótima atriz
Te apaixonou
Te iludiu
Nas mentiras delas você caiu
Mas não se sinta um lixo
Não fique assim
Você foi verdadeiro do começo ao fim
Pessoas vem e vão
Importante é manter puro o coração
Continue sendo quem você é de verdade
Continue se valorizando
Continue não mentindo
Continue amando
Acredite no tempo
Ele logo irá te atender
E ao invés de chorar
Você irá sorrir
Ao invés de sofrer

O melhor dia, amores, você irá viver.

10/10/2020

DESTILADO

Enquanto eu peço um destilado

Deste lado eu sinto uma dor lhe apertar
Enquanto garçom preparando o meu destilado
A dor deste lado começa a me atormentar
Ao meu lado me deparo com seu olhar
Estou tomando meu destilado
Mas deste lado não consigo te enxergar
Me embriago com cada gole desse destilado
Mas deste lado não quero mais ficar
Devido ao destilado o meu andar me faz bambear
Mas do teu lado eu vejo algo que não é de agradar
De bar em bar me afogando em destilados
Me conformo que ao teu lado não vou ficar
Sigo minha vida embriagado devido ao destilado
Mas, um dia seja lá qual for o lado, o destino irá
me presentear
E no futuro dormirei embriagado devido a muitos
destilados

Mas é ao teu lado que irei acordar.

11/08/2020

ARREPENDIDO

Está comigo a pouco tempo
Mas já me traz dor e sofrimentos
Me faz amar menos as pessoas
Me deixa com medo de seguir em frente
Me prende ao passado
Não me dando chances de ter um bom futuro
Me destrói todos os dias, sem exceções
Me causa uma baixa enorme na minha autoestima
Me torna fraco
Me torna frio
Me tranca no quarto
Sempre escuro e sombrio
Me toma e me doma nas noites
Me bate forte, e como dói
Te levo comigo aqui sempre lado a lado
Pois você é minha
É meu fardo que carrego
É a maior baixa no meu ego
Te aceito
Te entendo
Mas te odeio
E me arrependo.

28/05/2020

BEIRA DE PISCINA

Lembrei aquele dia

Eu já estava embriagado
De longe na rede eu via teu rebolado
Todo aquele gingado
Aquele sorriso
Meu olhar fixava teu corpo
Eu estava bêbado de paixão
Teu sorriso mirava em mim
Eu correspondia e assim o dia seguia
Bebidas, sol, piscina e muito amor
Foi bom!
Alguns anos se passaram
E estou novamente aqui
Embriagado
Com os olhos fixados em você
Mas a rede que estou agora é forjada em solidão e
arrependimento

Meu sorriso não está nem próximo daqui
Estou fixado na tua beleza
Você linda e deslumbrante

Esse véu
Esse lindo vestido branco
Esse sorriso maravilhoso
Estão voltados para outra direção

Ele

Que inveja dele
Ele vem provando do néctar da mais rara flor
O girassol mais belo já nascido em terra

Ele agora é o teu sol
Eu sou a sombra
Ele se tornou presente e futuro
Eu apenas passado
Hoje ele é teu marido

Eu sou apenas o caso que deu errado.

03/09/2020

CONTRATADO

Faz assim

Me usa e abusa
Se joga, se lambuza
Aproveita essa oferta
Que hoje eu tô de mente aberta
Tira a roupa e vem pro sofá
Hoje eu vou te impressionar
Deixar louca e fascinada
Hoje vou fingir que o amor não existe
E que esse fogo no meu corpo é só carnal
Vou te virar do avesso
Fazer esquecer todos os problemas da semana
Vem aqui deita na cama
Feche os olhos e me dê sua mão
Depois que eu te amarrar, tu vais perder o chão
Vai delirar e subir aos céus
Hoje farei somente o meu papel
Vou te dar o tesão que tanto necessita
Vou te satisfazer e melhor ainda
Na manhã seguinte não estarei do seu lado
Pois não sou seu marido

Sou apenas um amante contratado.

30/04/2020

ESTRADA

E nessa via de mão dupla
Seguimos rumos diferentes
Meu caminho era cheio de curvas e sem luz
O seu cruzava diversas avenidas e estradas
Eu tentei mudar a rota e caminhar ao teu lado
Em alta velocidade eu me perdi e acabei numa
rua sem saída
Me vi parado e ancorado naquele beco
Dê longe ouvi teus passos
Seu caminho sempre foi próximo ao meu
Você continua uma bela caminhada
Mas eu preciso de reboque
Um mecânico e uma nova estrada.

05/07/2020

SUBSTITUÍDO

Transou comigo no carro
Transamos na rua
Nas praças
Nos melhores motéis da cidade
Trepamos tanto que eu perdi a conta

Aventureira
Deliciosa
Safada
Fogosa

Transamos até em um beco depois da balada
Mas o estranho é que nunca transamos na sua
casa
Nem mesmo na minha

Sempre fora
Sempre essa ladainha

Não sei nada sobre sua vida
Nem mesmo sei seu nome completo

Eu me apaixonei
Fui de peito aberto
Não sei o que houve pra cair nesse papo
Fodemos nos mais estranhos lugares
Fizemos loucuras

Mas eu nunca entrei no teu coração
Nem mesmo na sua vida

Hoje lágrimas caem enquanto me masturbo
pensando em você

Pois me deixou ao saber que eu te amava
Deve estar com outro
Destruindo outros corações
De fato, a gente aprende assim

Com as piores lições.

02/04/2020

ATOS E CONSEQUÊNCIAS

Não adianta mais, já é tarde

Tarde demais para dizer que te amo
Tarde demais para correr atrás
Tarde demais para pedir desculpas
Tarde demais para demonstrar
Tarde para palavras
Tarde para ações

Todo esforço será em vão
Definitivamente houve um ponto final
Uma história chegou ao fim
E não há uns felizes para sempre
Não há para você
O vilão da história

Você que menosprezou
Você que fez pouco caso
Você que fez joguinhos de sedução, porém no fim
das contas amou

Agora sinta do teu próprio veneno
Sinta o amargo da solidão
Fique triste como todas as outras pessoas ficaram
ao te amar e não serem amadas, mas sim usadas

Não é olho por olho

Muito menos, dente por dente
Mas sim amor por amor

Quem dá amor, colhe felicidade
Quem dá olé, um dia toma também
Quem brinca, vai virar brinquedo um dia

No xadrez existem Reis e Rainhas, mas só eles não
bastam para reinar
O amargo da solidão ficará em teu paladar por
muito tempo
Aprenda com essa lição
Mas não vire amiga da solidão

Ela é traiçoeira, assim como você.

11/08/2020

MUSA

Cleópatra não chega aos seus pés no quesito
sedução
Teu olhar paralisa mais que a Medusa
Você exala mais amor que Afrodite
Nem Zeus causa mais eletricidade que nossa
união
Nossa conexão é mental, carnal, emocional e
psicológica
Nem Ares causa mais guerra do que você quando
tem ciúmes
Atena não tem o conhecimento que explique
nosso tesão
Hades nunca irá dominar a escuridão dos teus
olhos negros
Héstia tem inveja do fogo das nossas transas
Me sinto Poseidon ao te levar aos céus
Hera irá nos presentear um dia
Dionísio é o nosso Dj em noites de amor
Ártemis ilumina nossas noites amorosas
Você é minha deusa, minha musa, é minha maior
riqueza
Você não tem preço, você tem valor

Você tem todo o meu amor.

11/09/2020

APRENDIZ

Indiferença
Desatenção
Traição
Mentiras
Ocultação
Desprezo
Irresponsabilidade

Eu provei de todos um pouco
Alguns mais do que devia
Assim eu entendi o que era amor de verdade
Pois o amor é o contrário de cada um deles
Às vezes precisamos provar do amargo para saber
o real gosto do doce
Àss vezes provamos da solidão
Para enfim dar valor as presenças em nossas vidas
As vezes a gente morre por dentro
Mas continua vivo
E quando encontra a razão pra viver
Tudo muda

A gente para de existir, pois começa realmente
viver.

24/09/2020

FAZENDO AS PAZES

Senta aí, bora prosear
Faz tempo que você me acompanha
Muitas das vezes deitou ao meu lado e me fez
companhia

Me fez chorar, me fez sorrir
Você me traz lembranças sempre

Eu cheguei a te odiar, sabia?

Pedi inúmeras vezes que você deixasse de existir
em minha vida

Hoje, embora ainda ter receio de ti
Quero tê-la sempre por perto
É que o frio que tu me causas no peito
Esquenta minha alma
Me faz mais humano

As lembranças tristes na verdade não são tristes
Sou eu quem choro por saber que não irão voltar
Mas até com algumas tu me traz esperança
E no fim das contas você limpa as impurezas do
meu coração
Me trazendo paz

Será sempre assim nossa relação

Muitas vezes irei pedir tua ausência
Mas sem a tua essência não serei ninguém
Somos interligados por laços
E assim eu digo

Sem você, saudade, não serei ninguém.

08/06/2020

POR MEDO

Com medo de perder tudo
Eu não me entreguei
Não me arrisquei
No fim
Não fiquei com nada
Apenas com saudade
Com raiva de não ter feito o que eu queria
O medo me tirou as chances mais lindas de minha
vida
O medo me fez perder pessoas incríveis
Hoje, por medo eu não amo mais
Hoje, com medo me sinto incapaz
Por medo, perdi você
E só me restou a solidão
Deixei o medo me vencer
Agora eu vivo por viver.

07/12/2020

O INFELIZ

Fiquei do lado de fora até todos entrarem
Depois sorrateiramente me infiltrei
Via todos com sorrisos enormes
Alguns com olhos cheios de lágrimas
Eu também fiquei com os olhos assim
Mas foi de tristeza
Você estava maravilhosa
Sorridente
Olhar de apaixonada
Olhar que já vi direcionado a mim um dia
Ele homem de sorte
Lhe admirava
Assim como eu fazia
Meu peito doeu
Sangrou
Quebrou
Ardeu
O padre dizendo tudo aquilo
Teu olhar já dizia sim
Meus olhos queriam se fechar para não acreditar
no que eu assistia ali no fundo da igreja
A mulher que eu tanto amei
Agora ama outro
Aquela com quem tanto sonhei
Realiza meu sonho
Mas não comigo
Desnorteado eu quase interferi no momento do

Marcos Bonilha

"fale agora ou se cale para sempre "
Me calei
Me afundei aos prantos
Sai correndo sem direção
Acabei em um bar no fim da cidade
Onde a bebida me acolheu
Aquelas músicas somadas ao álcool
Me deixaram no chão
Hoje eu acordo em uma cama de hospital
O médico diz que já não estou tão mal
Que não foi grave essa vez
Pediu pra que eu não bebesse assim nunca mais
Pois poderia morrer
Eu fingi que seguiria aquele conselho
Hoje me olhando no espelho do banheiro
Sei que não sairei vivo daqui
Já embriagado
Só me lembro do altar
Da tua voz ao aceitar
Foi ali que eu morri
Hoje vim só confirmar que meu corpo morrerá
Mesmo que o álcool tenha que me consumir.

26/10/2020

FORTALEZA

Tô com saudades de você na minha cama
Das tuas pernas tremendo depois de gozarmos
Saudade de você me pedindo para te abraçar na
hora de dormir

Sinto falta da sua preocupação comigo e minha
família

Sinto ódio das minhas atitudes que lhe fizeram
partir
Do meu jeito birrento que te magoou

Sinto falta das lágrimas que derramamos quando
nossos segredos foram expostos

Sinto realmente a falta do teu sorriso nas minhas
manhãs

Sinto até a porra da falta de preparar seu café da
manhã

Das noites mal dormidas ao seu lado devido
nosso fogo por sexo e amor

Eu sinto muito ter partido teu coração
Pois o meu já estava partido

Errei ao não acreditar no amor
Errei ao não confiar em mim

Peço perdão pelos meus atos
Seja feliz com quem quer que seja

Que seu coração seja uma fortaleza
Que ele seja forte e duradouro
Que ele não seja igual ao meu

Que já foi destruído por alguém que a ele amor
prometeu.

25/05/2020

ANEL DE OURO

Teus lábios quentes percorrem meu pescoço
E descem lentamente
Me instigando, excitando e distorcendo meu
corpo
Sua boca me toca ponta a ponta
Após meu pescoço, desceu até minha virilha

Deixando-me em chamas
Porra garota, tu me levas ao céu
Eu sou seu dependente
Mesmo sendo experiente
Caí no seu encanto

E após transarmos em cada canto deste motel
Ainda quero dormir contigo
Seja minha prisão

Quero prender-me a ti
Quero prisão perpétua em teu corpo e em tua
alma

Só tua boca me acalma
Tua voz me relaxa
Teu fogo me traz alucinações

Nossas transas me dão sensações
Que nenhum entorpecente me trouxe antes

Marcos Bonilha

Tua libído ataca meu sistema nervoso
Quero lhe dar prazer assim como você faz comigo
Cansei de transas sem sentido
Amor ...

Quer casar comigo?

18/06/2020

POR VOCÊ

Te faço um pão na chapa
Te levo café na cama
Teu dou amor e carinho
Eu te cuido minha dama
Te dou meu coração
Te provo meus sentimentos
Pois não só com palavras, mas sim com momentos
Te quero aqui bem perto
Mas espero que queira estar aqui
Te faço uma graça
Pois seu sorriso me faz sorrir
Te torno dona do meu coração
Mas por favor, não minta
Se quando eu te perguntar se me amas
E seu coração estiver dizendo não.

01/10/2020

VERDADE

Oi
Senta aí, amiga
Deixe-me perguntar algumas coisas
Por quê me acompanha a tanto tempo?
Quero saber o real motivo de você viver comigo
Por que você está em todas minhas palavras?
Sei que não sou como os outros
Pois eles andam lado a lado com a mentira
Mas porra, verdade
Tu não me largas
Tu me machucas às vezes, sabia?
Tu és minha realidade na qual não quero acreditar
na maioria das vezes
Quando eu tô feliz e sorridente você aparece e
acaba com tudo
Porra, me ajuda aí, né
Dá uma trégua
Um tempo
Deixa-me iludir um pouco
Fingir que sou feliz
Depois você vem
E me destrói
Como sempre fez.

09/07/2020

OBRA DE ARTE

Gata
Avisa lá teus pais
Que nem Leonardo da Vinci, Michelangelo ou
Picasso

Encontraram amor, inspiração, tonalidade e
perfeição para criar algo tão belo quanto você

Esse teu corpo esbelto
Foi desenhando pelos deuses
Com pincéis de ouro e tintas mágicas

As estrias do teu corpo são como ondas dos mais
belos mares
Teu corpo é um templo

Nada é maravilhoso quanto teu sorriso
Nada é tão marcante quanto teu olhar
Nada é tão suave quanto a tua voz

Sua beleza clareia a escuridão dos meus olhos
Tu és perfeita do jeito que é, sem mais nem menos
Teu peso é perfeito, teu cabelo é estonteante

Você, mulher, é a coisa mais perfeita criada por
Deus

Difícil acreditar que tu saíste de uma costela
masculina

Nem em bilhões de anos vão conseguir criar algo
tão maravilhoso
Mulher, você é o mundo

Mulher, você vale muito.

07/08/2020

MOTEL

Lembrei da minha primeira vez
Fomos até teu carro
Pediu meu documento e disse para me deitar e
descansar
Eu já logo entendi, deitei todo contente e excitado
Nem me lembro o caminho que foi feito
Mas chegando, lá tu estacionou e descemos
Entramos e ficamos seminus
Você tranquila e calma, eu como sempre estava
em êxtase
Ligou a TV e cúrtiu a final do seu time preferido
Ele quem fora campeão aquele dia
Mas era eu quem estava pra fazer o mais belo gol
de minha vida
Esteve estampado em minha cara desde que me
deu o primeiro beijo
Sim eu estava apaixonado
E ali, seminus
Me excitando e se envolvendo em meu corpo
Rebolando e se esfregando em mim
Tirou o que me restava de roupa
Começou a beijar minha pele
Eu já estava em chamas
Aquele êxtase de tesão
Um turbilhão de calor em meu corpo
Desceu lentamente do pescoço até minha virilha
Eu doido para que me chupasse logo

Marcos Bonilha

Percebi que você sabia o que estava fazendo
Sem entender só relaxei, e puta que pariu
Você me desmontou
Sem ao menos tocar meu pau você me deu o tesão
mais louco que eu senti
Eu fechava os olhos e tua boca passeava entre
meu pescoço, costelas e virilha
Uma aglomeração de espasmos deliciosos em
meu corpo
Uma reação desonesta comigo
Um tesão do caralho, quando iniciou o oral
Eu já estava em frenesi de felicidade
Só deixei meus sentimentos e tesão fluírem
Quando finalmente se despiu
Me olhou e sorriu
Eu percebi que agora começaria a melhor parte
Aquilo com que eu sonhava estava ali diante de
mim prestes a acontecer
Teu cheiro de creme delicioso, seu olhar sedutor e
teus lábios molhados
Se entregaram ali mesmo
Me dei por vencido, eu já tinha perdido, meu
coração era seu
Continuamos...
Dessa vez, eu entrei em cena
Beijei você maravilhado com teu corpo esbelto
Silicone na medida certa e um rebolado
extraordinário em cima do meu pau
Você me deixou coberto sobre as nuvens dos céus

Quando fui por cima eu já estava exalando
sentimentos e carinho por ti
Fodemos muito bem
Depois um banho para relaxar
Um papo para descontrair
De repente me levanto e te pego ali mesmo de pé
Naquela hidro
Teu olhar safado fixo em mim
Me pedindo pra ir forte, porém com jeito
Me deixando totalmente anestesiado
Das dores que eu já senti em minha vida
Você me mostrou que posso sim amar de novo
Depois daquele dia
Todo sexo com você era mais que uma montanha
russa de sentimentos
Todo sorriso teu em minha direção tirava do meu
peito mais um caco
Você foi curando toda minha dor pouco a pouco
Não foi só sexo, foi teu jeito
Até quando me chamava pelo segundo nome
tentando me deixar bravo
Pois sabia o jeito que eu te pegava depois
Você tirou todos os espinhos que furavam meu
coração
Para cravar uma faca nele acabando com tudo
entre nós
Me deixando de lado, cortando minhas asas e em
meio a toda essa turbulência
Eu ainda aprendi

Eu ainda sou feliz
Mesmo sem você
Não há remorso
Às vezes há saudades
Mas foi você quem me mostrou
Que dentre toda minha dor eu posso encontrar
um motivo para a felicidade.

22/06/2020

VIÚVA NEGRA

Abusou de meus sentimentos
Confundiu minha mente
Me fazia mal
Mas eu me sentia contente
Aquele teu sorriso atraente
Era tua armadilha mais eficiente
Gozou em meus sonhos
Molhou minha cama
Deixando rastros
Me dando um laço
Me ganhou com as pernas entre minhas orelhas
Eu literalmente cai na sua teia
Feito viúva negra
Trepamos e no fim das contas
Fui derrotado
Fui usado
Fiquei desalmado
Fiquei vazio
Eu apenas fui o teu refil
Você apena precisava saciar tua sede
Fui só mais um tubarão na tua rede
Como sempre você se deu bem
Destruiu mais um otário
E segue por aí matando mais reféns.

15/01/2021

MADRUGADA

Estou aqui mais uma vez parado com insônia
Sente-se aí, vamos conversar
Preciso saber o que quer de mim
Me diga, quais suas intenções comigo

Quer ser minha melhor companheira?

Ou seremos apenas amigos?

Mostre-me se vale a pena ter você aqui
Pois sua presença só me entristece
Seus contos só fazem meu coração sofrer
Teu reflexo me faz chorar
Vamos resolver isso nesta noite
Não tem mais volta
Nossa relação terminou
Você só me machucou

Pare de remoer o meu passado
Pare de dormir ao meu lado
Eu quero seguir em frente
Espero que não apareça mais daqui pra frente
Busque outra pessoa para acompanhar
Por favor, saudade, me deixe viver
Por favor, saudade, pare de me fazer sofrer.

14/05/2020

CAFAJESTE

Só porque eu dormi com muitas da sua família
você quer me chamar de cafajeste
Mas que eu me lembre elas que vieram até minha
cama e dormiram aqui do meu lado
Assim como você
Tua mãe, a Tristeza, abusou de mim por 4 anos
Tua irmã, a Solidão, aparecia sempre que sua mãe
não estava aqui
Tua prima, a Dor, adorava umas rapidinhas,
porém duravam a noite toda
Tua filha, a Saudade, adora trepar comigo em
momentos nos quais nem eu tenho tempo ou
cabeça
para isso
E agora vem você, a Carência, deitar ao meu lado
sem saber quando irá embora
Depois teu pai, o Sofrimento vai querer me
espancar por ter me envolvido com vocês todas
Preciso encontrar o meu pai, o Tempo. para mais
ensinamentos

E enfim, poderei dormir com quem eu sempre
quis: o Amor e a Paz.

24/08/2020

Marcos Bonilha

EGOÍSMO TEU

Te vi de longe
Senti que devia estar por perto
Decidi, então, lhe ajudar
Tu precisavas de um amigo
Um carinho
Precisava desabafar
Eu ali dei o meu melhor
Me apaixonei
Me apaguei ao teu calor
Me afoguei no teu sabor
Sabotei a mim quando por ti fiz de tudo
Eliminei toda minha luz
Destruí todo meu ser
Pra queimar tua chama de amor
E no fim não me restava nada
Eu já não existia
Me sacrifiquei pelo teu amor
Que no fim nunca foi meu.

30/12/2020

ANJO

No castanho mar dos teus olhos
Eu me afoguei em ilusões
E no brilho do teu sorriso
Perdi minha paz e meu juízo
No teu cheiro de rosas eu fiquei enlouquecido
E no calor dos teus braços fiquei protegido
Na batida do teu coração eu adormeci
Quando no toque dos teus lábios eu me apaixonei
Percebi que era amor mais uma vez
Decidi me entregar e ser feliz
Mas ao ver tua sombra eu desisti
Nela havia um formato diferente
De um anjo caído daqueles que maltrata a gente
Perdido nessa ilusão de te amar
Furtou minha alma e meu coração

Hoje vago vazio e sozinho nesse mundão.

05/01/2020

OLHAR DE ANJO

Meu coração parou
Ele não quer pulsar mais
Ele se nega a bombear sangue para o resto do
corpo
Se nega a dar vida
Se nega a dar a razão ao cérebro
Se nega viver
Tudo por causa de uma postagem
Tudo por causa de um outro coração
Que bombeia fortemente por aí
Livre e feliz
Um coração que bate por outro coração
Um coração que deixou saudades
É, meu caro amigo
Estou aqui no meu quinto infarto seguido
Olhando meu corpo pulando nessa maca
Enquanto os médicos tentam me salvar
Mas será falho
Uma mão brilhante se estende em meu ombro
Um calor gostoso toca minha alma
Uma paz invade meu ser
Pobre coração
Sofreu por alguém que não te amava
Parou por causa de uma só notícia
Aquela foto de uma reluzente aliança dourada
   Na qual ela se alegrava em mostrar em sua rede

social
Aquele lindo anel na mão direita
Já deixava uma suspeita
Seu grande amor iria se casar
Anjo lindo que veio me buscar
Leve-me, já não pertenço a esse mundo
Meu coração parou naquela noite
Antes de se encher de pena, ódio, inveja ou rancor
ele parou
Foi sincero consigo mesmo
Preferiu morrer amando
Do que ser um coração mau.

09/07/2020

DETERMINE

É estranho, né?

Essa solidão, que mora dentro do teu peito
Te acompanha a anos
Vem ferindo seu coração sonhador
Mas não se esqueça
Toda dor tem fim
Em todo caminho haverá pedras, mas a
caminhada é que vale a pena
Não tema seguir em meio a escuridão
Saiba que o resultado é melhor do que você
imagina
Não desista
Sei que é difícil
Ninguém lhe entende
Nem sente o que você sente

Mas só por isso seus sonhos precisam ter fim?

Lembre-se do quanto você lutou e venceu
O seu caminho só você pode trilhar
Só você pode mudar seu destino
Basta querer
Não tema o medo
O domine

Cuide dele e faça com que a dor seja só mais um
figurante na sua vida
E que a vitória se torne a principal nela
Seja você mesmo
Só não desista
Olhe para o seu objetivo sem temer os obstáculos
Torne o seu mundo melhor
Dê o seu melhor e seja feliz.

05/04/2020

COBRA

Eu segui teus conselhos
Virei minha vida do avesso
Aniquilei minha existência

Minimizei meu legado
Atraí o inesperado
Loucura minha, cego de amor
Deixei me manipular
Irei pelo pecado pagar
Trouxe o inferno em minha vida
A maldita maçã mordida.

31/07/2021

CANSAÇO

O brilho dos olhos, já não existe
Sorriso no rosto pra evitar perguntas
A mente exausta disfarça a dor
O trabalho faz com que as horas passem
O trânsito mantém mais longa a volta pra casa
Em casa parece ser mais exaustivo

Contas
Problemas
Família
Álcool
Nada muda
Nada se acerta
A mente cansa
O coração se reserva
Mais um dia
Outro trem lotado
Mais um mês
Mais um semestre
Mais uma dose
Pra ver se a mente adormece

Leva a vida conforme consegue
Fé ele tem
Só está cansado
Fraco nunca será

Marcos Bonilha

Só está machucado
Segue a vida
Nesse vai e vem
Vive a vida muito bem, porém vive como pode.

11/07/20021

DESMOTIVADO

Desmotivado
Com pensamentos tóxicos
Incompreensível
Insatisfeito
Sinto que meu valor virou preço
Sinto que preciso de um novo começo
Sinto me mal
Sento e penso
É o fim
Necessito de um recomeço
Pois, neste caminho que trilhei
Não há mais estrada
Preciso mergulhar no novo
Em algo que não me maltrate
Algo que me acolha
Preciso mudar minhas escolhas
Tomar uma decisão
Preciso me livrar dessa escuridão
Um ato será feito
Mesmo que me rasgue o peito
Seguirei em frente
Em busca de ser feliz
Em busca de ser quem eu sou realmente.

21/09/2020

DÍVIDAS

Me endividei com o tempo...
Prometi a ele que iria amadurecer
Me endividei com o coração...
Disse a ele que traria um amor, porém só lhe
apresentei ilusão
Me endividei com a certeza...
Disse a ela que sempre andaria ao teu lado
Hoje vago com a incerteza por onde ando
Me endividei com o sol...
Prometi sorrir prá ele sempre
Já faz semanas que não abro a janela e fico nessa
escuridão
Me endividei com tantos...
Fiz promessas e não pude cumpri-las
A única, que eu pago diariamente sem vacilar na
promessa, é a saudade
A saudade vive ao meu lado
Me acompanha
Me abraça
Me acolhe
Preciso prometer a ela ir embora
Mas é difícil, pois ela sempre está por onde eu
passo.

23/03/2021

JOÃO DE BARRO

Quis tanto amar que te prendi aqui dentro
Não lhe dei espaço
Não percebi o erro
Como um troféu
Eu te glorificava, mas não valorizava
Eu estava cego
Te joguei em meu coração e tranquei lá dentro
Sem ar
Sem respostas
Te sufoquei
E foi assim que matei meu amor
Aquilo que me movia
Matei o sentimento mais puro que havia em mim
Hoje, como o João de barro, eu vivo nesse
constante hábito
Matando meus amores por puro instinto da dor
de ter matado meu único amor.

16/03/2021

MÁSCARA

Aos teus olhos
Sou indestrutível
Impermeável
Inabalável
Tipo o Hulk
Por dentro
Ao menor toque
Posso ser destruído
Despedaçado
Feito pétalas de rósas
Posso me desmanchar em instantes
Por mais vulnerável que possa ser
Sigo no disfarce
Não deixo o que me abala afetar pessoas ao meu
redor
Tomei essa dor para mim
Serei o único dono
Serei sua única vítima
Serei, também, seu túmulo.

31/07/2021

OMISSÃO

Antes eu te via bem pequena
No dia a dia
Sempre junto a mim
Inevitável teu crescimento
Enlouquecedora foi a tua mudança
Deixando minha cabeça confusa
Alucinações indesejadas
Dói sentir isso todos os dias
Estou morrendo por culpa sua.

Confuso com meus desejos
Omitindo meus sentimentos
Não sei o que fazer
Fugir, parece ser o melhor caminho
Um dia isso acabará?
Ser ansioso me corrói
Autodestruição mental
Ouvir essa voz fatal.

03/08/2021

OUÇA

Foram tantas palavras ditas
Eu te dizia tudo
O que sentia
O que queria
O que machucava
Disse tudo que me sufocava
Vomitei coisas guardadas em minha alma
Mas eu esqueci
Não dei ouvidos
Não escutei
Eu só falei
Esqueci da reciprocidade de uma conversa
Não era sobre só falar
Eu precisava ouvir também
Esse foi meu maior pecado
A chance de me redimir
De melhorar
De não te perder
Mas eu perdi
Simplesmente, por não ouvir.

02/08/2021

PORCENTAGEM

50% feliz

50% triste

100% vulnerável

10000% destruído

10% pessimista

1000% solitário

Números
Apenas números
Assim por dentro
Sorridente por fora.

06/07/2021

QUERER

Quero café quente com uma boa companhia
Pode ser cerveja gelada e jogar conversa fora

Que tal um filme nessa noite linda?

Pode ser uma tequila na balada também
Domingo tem pastel de feira
Mas também café na cama
Nosso almoço pode ser porção na praia
Ou uma bela massa na Itália
De tudo, eu quero um pouco
Do tempo, eu quero os segundos
Do amor, eu quero a leveza
Do dia, eu quero a beleza
Do sol, eu quero o calor
Do mundo, eu quero você
Da vida, eu quero viver.

11/07/2021

TE CRIO

Quando há luz eu te vejo
Na luz, você brilha
Na luz, eu te admiro
Na luz, eu te sigo

E isso é muito bom para mim
Quando não há luz eu te sinto
Sem luz, eu te ouço e te toco
Sem luz, teu perfume me guia
Sem luz, teu toque me enlouquece, me aquece e
me acalma

No verso, eu te exalto
No verso, eu te encaixo
No verso, eu te desenho

Em meus sonhos, eu te tenho
Em meus sonhos, eu te crio
Em meus sonhos, te desejo

Na minha vida, eu te quero
Na vida, eu te venero
E na vida, eu te amo.

08/04/2021

TRADE LOVE

Amor em espécie não é crédito na conta
O teu carinho eu não saco da poupança
Não quero só o limite dos teus lábios
Quero depositar todo meu patrimônio no teu sorriso
Sei o quanto é arriscado, mas você é meu melhor investimento
Mesmo com volatilidade só haverá lucros, ao invés de prejuízo
Essa será a minha ação
Essa aposta será minha alavancagem
Vou dizer que te amo e ouvir um não será meu risco
Te ter é só lucro
Te perder será um prejuízo
Que me levará a falência na beira de um precipício.

06/06/2021

TRAGO

Trago no peito feridas não cicatrizadas
Trago no peito amores não correspondidos
Trago no peito a dor de errar
Trago no peito a dor de não saber amar
Trago no peito saudades

E a cada trago eu perco o ar
A cada trago, por segundos me esqueço
A cada trago me entorpeço

Em cada trago meu coração finge que esquece
Em cada trago te trago no peito

A cada trago o amor é desfeito
A cada trago tudo é esquecido

Em cada trago me sinto liberto
E quando não trago o som da tua voz soa em
meus ouvidos

Quando não trago eu sinto esse ruído
Ao fim dos tragos me sinto sozinho
E no fim da noite eu volto a ser mais um perdido.

31/03/2021

TRAP

O sabor dos teus lábios contém endorfina
O teu olhar contém adrenalina

Teu beijo é bom feito cafeína
Você é a taurina dos meus sonhos
Mas tua dose é letal
No teu toque eu percebi

Não posso ficar muito em teus braços
Não posso fazer esse laço
Não tente me amarrar nessa tua armadilha
Não serei só mais uma pedra em tua trilha

Meu coração já foi despedaçado
Prefiro seguir sozinho

Ao invés de continuar sendo pisoteado.

08/02/2021

TRÊMULO

Quero muito
Tenho medo
Sinto calafrios
Mas eu quero tanto
Tenho desejado você todos os dias
Mas também penso em seguir sozinho
Meu maior erro
É querer um futuro
Sem esquecer as dores do passado
Com medo de pular no mar
A gente não se molha de amor
Com medo da dor
Nós não arriscamos
Sem arriscar
Vivemos de passado
No passado não existe amor
Então vá
Vai sim
Com medo mesmo
Só não deixe de ir
Arrisca mesmo
O passo que tens medo
Pode mudar tua vida.

31/07/2021

Marcos Bonilha

CONHEÇA NOSSOS TÍTULOS

HALODOMIRA
de Carvalho Marques

Um amor entre dois opostos, um romance entre dois seres incompatíveis, uma relação desgastada pelo ódio e pelo desejo carnal, o desaparecimento da última mulher fértil da humanidade, um cadáver no banheiro de uma festa, um monstro devorador de humanos, uma serpente colossal que mora nos esgotos da cidade... e uma cidade que apaixonam a todos que moram nela: estas histórias se interligam pelas ruas da enigmática e bela ilha de Halodomira. Você conseguirá desbravar as suas vidas?

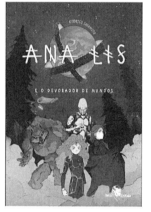

ANA LIS e O DEVORADOR DE MUNDOS
de Rodrigo Sakamoto

Uma sala secreta, um mistério sobre a morte dos pais, um sonho recorrente e uma visita inesperada no meio de uma noite tempestuosa, são algumas das coisas que levam Ana Lis, uma adolescente de 13 anos, para a mais magnífica jornada de sua vida. Nesta aventura, bruxos, vampiros, lobisomens e homotechs realizam juntos, a todo o momento, viagens interplanetárias. Para sua oportuna surpresa e desventura, Ana Lis também descobre que sua própria vida não é nada do que ela imaginava ser.

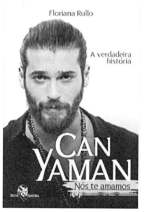

CAN YAMAN: NÓS TE AMAMOS
de Floriana Rullo

DESCUBRA O LADO ÍNTIMO E PESSOAL DO ATOR MAIS DESEJADO DA ATUALIDADE Lindo de tirar o fôlego, Can Yaman tem um número de fãs que cresce a cada dia. Ele faz você perder a cabeça graças ao corpo esbelto, o sorriso alegre e o olhar magnético, mas sem perder seu imenso carisma. Can Yaman rapidamente se tornou uma verdadeira estrela de nossos dias. Quem é o homem que se esconde por trás do protagonista da série de TV que o tornou famoso? Aqui, finalmente será revelado tudo o que você sempre quis saber sobre o Kral turco.